光的折射

游鍫良 著

【總序】台灣詩學吹鼓吹詩人叢書出版緣起

蘇紹連

「台灣詩學季刊雜誌社」創辦於一九九二年十二月六日，這是台灣詩壇上一個歷史性的日子，這個日子開啟了台灣詩學時代的來臨。《台灣詩學季刊》在前後任社長向明和李瑞騰的帶領下，經歷了兩位主編白靈、蕭蕭，至二〇〇二年改版為《台灣詩學學刊》，由鄭慧如主編，以學術論文為主，附刊詩作。二〇〇三年六月十一日設立「吹鼓吹詩論壇」網站，從此，一個大型的詩論壇終於在台灣誕生了。二〇〇五年九月增加《台灣詩學．吹鼓吹詩論壇》刊物，由蘇紹連主編。《台灣詩學》以雙刊物形態創詩壇之舉，同時出版學術面的評論詩學，及以詩創作為主的刊物。

「吹鼓吹詩論壇」網站定位為新世代新勢力的網路詩社群，並以「詩腸鼓吹，吹響詩號，鼓動詩潮」十二字為論壇主旨，典出自於唐朝．馮贄《雲仙雜記・二、俗耳針砭，詩腸鼓吹》：「戴顒春日攜雙柑斗酒，人問何之，曰：『往聽黃鸝聲，此俗耳針砭，詩腸鼓吹，汝知之乎？』」因黃鸝之聲悅耳動聽，可以發人清思，激發詩興，詩興的激發必須砭去俗思，代以雅興。論壇的名稱「吹鼓吹」三字響亮，而且論壇主旨旗幟鮮明，立即驚動了網路詩界。

「吹鼓吹詩論壇」網站在台灣網路執詩界牛耳是不爭的事實，詩的創作者或讀者們競相加入論壇為會員，除於論壇發表詩作、賞評回覆外，更有擔任版主者參與論壇版務的工作，一起推動論壇的輪子，繼續邁向更為寬廣的網路詩創作及交流場域。在這之中，有許多潛質優異的詩人逐漸浮現出來，他們的詩作散發耀眼的光芒，深受詩壇前輩們的矚目，諸如鯨向海、楊佳嫻、林德俊、陳思嫻、李長青、羅浩原、然靈、阿米、陳牧宏、羅毓嘉、林禹瑄……等人，都曾是「吹鼓吹詩論壇」的版主，他們現今已是能獨當一面的新世代頂尖詩人。

「吹鼓吹詩論壇」網站除了提供像是詩壇的「星光大道」或「超級偶像」發表平台，讓許多新人展現詩藝外，還把優秀詩作集結為「年度論壇詩選」於平面媒體刊登，以此留下珍貴的網路詩歷史資料。二〇〇九年起，更進一步訂立「台灣詩學吹鼓吹詩人叢書」方案，鼓勵在「吹鼓吹詩論壇」創作優異的詩人，出版其個人詩集，期與「台灣詩學」的宗旨「挖深織廣，詩寫台灣經驗；剖情析采，論說現代詩學」站在同一高度，留下創作的成果。此一方案幸得「秀威資訊科技有限公司」應允，而得以實現。今後，「台灣詩學季刊雜誌社」將戮力於此項方案的進行，每半年甄選一至三位台灣最優秀的新世代詩人出版詩集，以細水長流的方式，三年、五年，甚至十年之後，這套「詩人叢書」累計無數本詩集，將是台灣詩壇在二十一世紀中一套堅強而整齊的詩人叢書，也將見證台灣詩史上這段期間新世代詩人的成長及詩風的建立。

若此，我們的詩壇必然能夠再創現代詩的盛唐時代！讓我們殷切期待吧。

二〇一四年一月修訂

CONTENTS

輯三　花間饗宴

輯四 修理門窗

輯五　小詩精選

輯一・蝴蝶拍飛

山果的臉

魚游在空中
不管暮鼓晨鐘的催促

冬夜山上昏罩迷濛
鐵般孤冷寒漠
瑟縮雲朵飛進兩鬢
腳步徐緩好多
小狗窩在籠子用極輕的喘息
瞥視虹膜外的動靜

滾動的熱湯極似沸騰夏日
汩汩地
煽情引誘舌尖
飲杯痛快小米酒
甜甜地
慢慢地
擴散整片山林

幾顆星閃熠著
告訴開拓的辛酸與卑微
在山巔間來往把血汗注入坡谷
青葉長成樹幹豐潤
明日的蜜蘋果
帶著歡愉
運往城市響開

四個小孩學習地球儀的世界
他數著一張又一張
上仰的嘴角說與輪胎聽
還有雪梨
夏季也有水蜜桃
紅柿茶葉高麗菜
歡迎預訂洽商

另一端

播開髮，切割搖晃的水域
攏起兩端的雲沫
壯麗的船影緩慢消失地平線
拉扯山的衣角搓揉
不捨還是遠去

海勾勒夕陽撒落的鱗片
風遐思鑽入魚群，起了泡沫
在波堤細數過往的鷗鳥

飄下的雪花恰巧糊上眉毛
眼睜得特別開

鄉村的路清幽平淡
灰黑的車道也把頭髮分成兩半
留下一條綿長的白
繞過幾個彎
空曠的房子
門在等待

卸甲歸田

彎過熟稔小路
星星就亮起來
影子催促腳步，踏著
颯颯的歸途

繞過茂竹的邊沿
褲管，情卻異常
風，放慢秋天的溫存
持續的吠聲急急

埕上的小階
蠢動的門把
深邃的柴灶
佇足的不是膝踝
是打轉濕潤的窗

我們有共同的天
不一樣的命運
肩膀的雲是遊子的仰望
山映荷色舟船輕搖
煙霧迷漫江上
想念的故鄉是歸隱
城市發展是熱血的奔放

上香敬禱
遙拜祖先
舊土清香
重修廳堂
城外還有一座樓房
劃過我的手掌

夜讀

身段撩撥眼球
它將時空穿越薄紗
在日光還沒窺看之前
吃朵天山雪蓮
呼吸拉薩的高空
水都的波動浪漫招搖
星星忘了回家
在極光的國度裡

拉一下被單換個姿勢
雨滴落溢滿情懷的詩篇
風偎留樹旁起舞
雁行匆匆趕回聚餐
猜想作者的心思
為何寫下
墳前的鮮花感動原靈
四月青草刈平後的黃土
明年的小徑會在清明醒來

想再往下一睹芳澤
螞蟻卻糊亂窗口
一排排的隊伍
被壓困遺放在床沿

孤單的攀爬

扶著樓梯緩慢下來
影子陪伴單薄紙張廝磨
筆，將線條滑落
感性的傘撐起多邊的觸覺

花如人生百態
從含苞待放
瑰美盛開到失水凋謝
總在探討風去的方向
水流的模樣

雨輕輕灑在臉上
有時跟愛談判
黑髮光華
白雲蒼蒼

如此吧
單純的生離死別
串起喜怒哀樂
用場景編寫對話
在山巔吶喊
在海邊驚叫
用些技法讓文字撒嬌
讓意念出竅
讓燈謎成為今夜最長的魔繩
也許你會對號入座

也許弄皺床單
也許提著夢和星子夜遊

長夜漫漫
對著燈偶爾發呆
對著窗自嘲為何如此這般愛
孤單的攀爬
一行又一行，如湖面
盪開 ～ 盪開 ～

屋簷下

快炒高麗菜
灑下老公辛勤的汗水
加些子女乖巧的讀書聲
再翻幾次
就是一個溫馨的血液

掃去多言的垃圾
晾曬潮濕的疙瘩
加些量入為出
把昨夜的激情化作寬厚的愛

泡一壺茶，回甘單純的清悠
沙發親切起來

星期四早上

星期四早上
甲板的斜坡上，風吹雨輕飄
拎著下船的麵湯
肚子緊盯塑膠袋
應該發燙的口吻
被貓先行躡聞而去

星期四的早上
黃褐的法拉捲起千層浪
飄逸的香水瀰漫一座微小食堂

可惜的是，被雨水粉刷的招牌
嗅不到妖嬈的步伐
影像輕巧的走離玻璃

星期四早上
路面的曲線，如蜿蜒的麵條
慢慢飲進
歲月的夢想
喝口熱湯
發動悠揚的引擎聲
像詩撐開張力
於律動中披上隱喻和意象的衣裳
天空貼上一層灰濛
濕潤的春聯尋找鳥鳴的芳香

電線杆用垂直的視覺端看
枯枝也吹響口哨
空氣擦肩而過的陰沉灰冬
塗在星期四的早上

振翅的海鷗

風從江波走過，聞見
你擊落的腥羶
漁船駛近靠岸的迴紋
一弧劃過一弧的情怯
終將月圓撈起
於影的前頭，光的背後

火把還照著遠方的魚蝦
那漂浮的心情，穿越迷霧
想的是一條金黃的夢練掛在愛人的頸項

拖著海浪
在拚搏的船板上
許多人還在溫習，朝著理想

火車開著頭燈呼嘯而過
搖晃的窗景壓過碎石
激起的塵灰留在他鄉
繼續趕去的也是他鄉
一絲亮光照放前程的步伐
迎面的風霜是振翅的飛翔

風從江波走過，聞見
你擊落的腥羶
於影像的前頭，光的背後

魚蝦也在流浪
而他的理想是否也在他鄉
我們都是振翅的海鷗

這條街

這條街飄著古老氣味
石板烘托廊廡
不變的風吹進現代的鞋
淳樸店口貼著斑駁的臉
時間穿越
音樂響起嘻哈搖滾
路，佇足觀賞從前
身子挑筋舞動

蒙太奇切換景象
笑聲從青樓搖盪開來
流連舊日承續傳說
茶水叫喚店小二

試著了解擦肩朋友
靈魂釋出相互交錯
白雲上的天攬盡所有滄桑血淚
雜陳五味的街

發燒

夏蟬貼樹上
熱風吹不動乾渴蟬衣
葉蔭比胸圍還大的圓周
雲借光仔細端詳
樹根吐著舌頭要水喝

黑板樹拿著長圓扇納涼
安撫隔壁的鳳凰
熾燒的羽毛燃放太陽

三十八度的街頭都躺在冷氣房
馬路中撐起一幢幢不真實的樓
蒸移搖晃

額頭持續發燒
白血球耐著性子泅泳水管
一杯冰涼涼的藥
就能快速醫治心臟跳躍
褐紅的皮膚瞪著垂下的草
鹹溼的汗流滿指尖
瀝青應該很快就可以鋪好
或著下場雨綑綁太陽的撒嬌
夏蟬持續嘎嘎地叫
再喝下一口冰水還得翻拷

汗水涓滴埋入熱騰騰的黑石下
好多「人」都在發燒

新鮮的靈魂不滅

走過青春
攀越山巒
沾濕海洋
專心覓食與飛翔
佇立在船舵下弦方
暗伏的波浪撞擊夢想

十一樓的靈魂飄盪
搖搖墜墜肉體無償
被定格的畫面披露感傷

緊閉的窗
只有空調遊蕩

日曆像藍白拖輕易夾起
但無法輕鬆與路面交易
風乾的五臟促急
等待雨水梳理
梳理流往的青春
靜默的山巒
安寧的海洋
梳理十一樓的慾望
咬絲破繭化蝶
將白雲扛在背上
舞動葉脈通透的血管
飛翔啊　～　飛翔　～

寫一首長詩寄給遠方
塗滿新鮮靈魂
勾住彼此互通的心神

經濟壓力

聽扯喉的聲調
淚音在寒颯的冬季
沉冷的夜
混雜著
斷續彼落的迸出
「我的手底皮只有這麼厚
你自己想辦法……」
玻璃止不住無線波率侵入
腦海
不捨復感傷

起個身
泡杯咖啡想沖掉
暈眩的撞擊
攪拌後
發覺
一個漩窩接替迴繞

認清是一種安穩的開始

鬱金香的造陸非常成功
我們的一點也不差，只是稍微改變
轉化成造窯焚化
聽說這樣與上帝的距離較近
信息往返也清晰，何況
只需花點小錢就能搞定

我的路總是在石礫間翻滾
風吹過都感覺有些凹陷唐突
斜彎的花經常偷笑

笑我的笨拙愚痴
大部分的男子也都跟我一樣，想
登上山之巔，賞雲海之美
我們也習慣摔落後的粉身碎骨
笨到還傻傻攀爬

之後，我驅使文字去攻頂
替身也一落千丈，撇捺勾
無一完全
某個部門發文幾項命令
看它們個個挺得腰直
我還矮下身軀覆以遵從
連我使用的筆都戲謔我軟弱

我是否該花些錢打通任督二脈
配合度讓周遭也能按個讚，但
我怕會不小心造就焚化爐
我欲騰飛的羽翼瞬間消翳
屍骨飄渺無存

暗夜有些悲哀流動
闇已足夠悲淒綿長
鬱金香很香很漂亮
若能安穩地站在旁邊當小草
現在想也很好

墜落

鼎灶的水不再冒泡
氛圍的朦朧漸次離清
灶口殘留灰燼
自然的沉下於鐵道的罅隙
一推骨灰堆積

翻攪的夜跟時間賽跑
模糊了意識才將一身疲憊睡去
妳用豎琴梳理

梳理的鏡台增添浮雲
掉落的記憶如此蒼白

風吹起窗口
圍成剩下孤單氣味
那靜寂讓腳步遲疑
遲疑隨著移動的影，凝重地
又斜斜的走回床沿
複製的語言變慢
無法穿透彼此心靈

年輕已逝
熱情失血
冷冷的被單就這樣
躺進兩具模型佳偶

膠捲泛黃
鏡頭萎縮
季節的變換警醒調溫
而霜雪依然紛飛
枯乾的樹望著天
連落葉的資格都沒一片
我們都將騎著斜風彎過紅塵
一一墜落

鬧鐘

靜聽嚓嚓的催眠
一個會扯著高亢的鐵公雞
在斜角注視

夢划過時間的湖
我在漣漪中遊蕩
追逐未竟理想
撥開烏雲遮去的感光
被單來回拉扯摺亂
鼻子發出的轟聲雷驚走

意圖分解連續劇的惡魔
風還搖頭旋轉吹來
夢海悠悠

一不小心頭撞進電線杆
想是一臉包子痛的搓揉
床頭櫃一句話都沒說
嚓～嚓～
窗簾的光尚未穿透
鈴～鈴～鈴～
虛擬截斷
記憶片段
只有頭承擔作怪

遺落的翅膀

秋風把天邊的船隻拉遠
失衡重心的眼隨雲漂流
沒有回頭的滄桑
附著浪的泡沫
湧起奔去
無法想像的為何

船隻彎過暗礁直向彼端
搖晃的家鄉聯繫波光
層疊呼喚

離雲的天很近
為何摸不著
紅茶細說北冰洋的消融
冒著全身的汗
等雁鳥歸來
我癱了一地的淚
垂淌桌沿的海浪

黝藍的夜

隔著舟身底部晃搖的鱗片燦亮
被遮去的背面就留給月娘打光

山，潑下水墨流進湖裡千萬年
雨，剛刷洗天的鏡頭
我坐在幽靜的波紋上
它透視我內心的虛妄
比日光清晰還透徹

停佇的樹影拖著夜草
輕輕地告訴風
那濕潤的窗
渲染黝藍的夜

藏原

暈眩的天幻
交錯斜放廣大墨綠

遠遠近近的鈴鐺聲
喚醒
玉米田番薯園
雲濛濛的掛飄五色布條
層沓柔冰積壓歲月

山間袤野溪流石澗
阡陌泥窪少人煙
混濁黃水沖動滾捲
無法回頭
翻波低迴又走

囈語

光切割山水
讓昨日的景留存
時空用侵蝕修飾它的突兀
柔和圓潤中缺少自然
流失的母親

光切割眼球
燃燒的火焰
逼視星星出走
寧靜海於是冒煙

意念爆炸
一條引線把秋燎原

水草拖曳成為大樹
貝殼與船在山上潛游
蜻蜓騎著馬狂奔大海
變了，這個世界
思想倒轉
弓箭拉起我射向地心
雲站在深海搖搖腳
天天與鬼打交道

水切割靈魂
氤氳分成兩半
我輕輕吸吮

吸吮煙霧吐回原形
原來夢是如此逼真

靈魂的光

我把時間寄給你
順便留張影像
這個冬季冷縮
歪斜的枝劍已無鞘
樹皮抗禦霜雪
淋抖的衣衫，不怕
很快會乾

我把白雲寄給你
讓蘆葦的歸屬不再孤獨

將遙望與想像
化作星辰俯瞰
屋簷下一盞暗黃的昏燈
搖晃的牆影與梅對唱
輕聲流淌日日夜夜

你的胸膛留有年輕衝動
在黑髮中火力全開
記得將我靈魂帶上
你瞄準，我發射
以迅速光線穿越地心
融化冰凍的海洋
天的孩子

我把時間寄給你
我把白雲寄給你
你的胸膛開始悸動
以無懼的膽識
衝出
靈魂的光

鑿井

落一次井，心就跟著加速
門窗外的天被垂直的鐵梯撐住
公寓的耳朵開始暈眩
筆下的人物也西歪東倒
午後的夢顫抖
始終想不起來睡去了沒

螞蟻逃離荔枝園
秋葉掉落的速度比不上電鋸的快

慌忙的樹根也就緊張
緊張的神經抽動兵團爬進陽台
進入廚房周遊床下的磁磚
城堡不保
桌上的文字都被牠攪亂

風有些憤慨
捲起沙撲向工作的塔台
密封罐上還戴頂西部牛仔帽
露出的嘴正吹出雲霧
一溜煙誰都沒看見
聲音依舊蹦　～　蹦　～
查不出它到底累了沒

晚上安靜好多
也沒地震的感受
攤開稿紙卻發現有一份寂寞

輯二・真情流露

十六歲延續的夢

十六歲的夢很年輕
搖起尾巴就穿過人群
夢在羞澀中成長
挫折是沮喪的黑
順心是雀躍的紅

十六歲的狗是第二次重來
擺動的臀有一份矜持
牠在廊廡直視耳聞

影，移過對角屋簷
風輕輕吹來

十六年的學生很機械
凝重的步伐
低垂的頭顱
滿腦子的公式如何解開未來
功能
意義
目的
書包裡沒什麼色彩

我在夢裡撈起青春
青春的火炬快速燃燒
抓緊被單的疲累

貪睡一刻，就一刻
滾落的盡是白髮

白髮啊
白髮
你是否可以告訴我
十六歲延續的夢
你默然不答
我發動引擎
路上的冷風飄吹

上學的站牌

那個站牌很熟悉
靠近土地公廟的水溝旁
六角亭有著穿梭記憶

我翻開售票口
客運的編號已然不同
誰來剪下這孔珠圓
迷茫的望著飄升金紙香煙
車掌小姐搖手跟我說再見

站牌矗立的時間飛遠
在原地換過許多信息
我倆越來越疏離
現在只有經過時，用眼睛
輕輕地招呼
短暫的掠過

不捨怎得

放任頭髮冗長
不悔的散
漸漸低垂的頸項
筆尖慢慢磨去殘存的容量
直到被旋轉後掉落，才驚覺此情已斷
握不住的方向
開始懷疑
懷疑「中斷」的真正情形
象徵什麼

摸索也變成凌亂渾沌
短暫無法釐清

也許該出去走走
看看車水馬龍的街
熙攘的市場
以及
叫賣的聲線

也許當橘子剝開
梨子削去皮時
忽然想起剛才那個低頭掏錢的閃影
文字頓時醒來

如果你能記起我

房間隨著黑將燈點亮
書桌上布滿舊的記憶
一疊要整理的時光
故事還佇留漬痕
一些浮起的記號
觸摸你
也就是那兩行淚
隔夜的酒難以入口
倒進陽台那盆蒲公英

風若起
請將我的思念貼附你的耳際
也許那地方沒傳說的冷
在火化之後
你就躲進龕裡
一炷香
三杯水
還要與眾祖先共用
餓了吧
煮一碗陽春麵放在神桌上
前幾天燈管壞掉
鼓起勇氣把它換好
雖然緊張又害怕

你看我們的世界又亮了起來
技能是在孤單需求中燃放

有時夢會驚甜
我將它編入某階段的甘美篇章
半夜有時輾轉難眠
我祝願你是燦笑的星子
在遠方
如果你還記起我

收拾路況

街燈很亂
亂在比街燈更亂的霓虹
閃爍後放大
放大後迷眩
神志幽遊渾沌
一個精靈失去歸屬的症狀

水滴打在車窗
似珍珠流瀉垂直的溪河
搖落的胭脂氣味，妖嬈

如風抖下整片的天幕
崩毀的星球

牡丹撫慰著孤簫
低沉的吹奏
縈繞的氤氳逐漸擴散
一片紅唇輕易壓垮論劍的英雄
風在街的那頭穿梭
遊蕩的路痕

或許該脫卸偽裝的戰袍
讓赤誠靠近心臟
爭辯的樓梯可以歸鄉
不用四處流浪

留點身體與銀兩，看看山的模樣
瞧瞧水波輕航

也許真的古老接獲傳說
在田邊吆喝
直叫醒雲彩寬闊
盤飛的鷹點點頭
如同木魚唱歌

自畫像

那個畫面很模糊
模糊到記憶體幾乎刪除
我用時間去拼湊
身高體型以及走路的樣子

泥巴的香
隨著龍眼樹爬上屋脊更高的天際
味道變得淡薄
穿梭的不再是純樸羞澀的臉龐
七分飽的年代化作癡肥身軀

告別籃球場的跳投
路旁落下的葉片不曾少過
寒風吹在瑟縮昏黃的街

歪斜的字如
老舊失修的土角厝
一處坑疤連接裸露的稻草
乾涸的眼球睜看不清遠近距離

灶頭的粥氣霧蒸騰
拾起筆奮力的進入那個空間
也許似夢
也願

每行淚都無奈

拿一條手巾擦拭年老身體
牆壁逐漸有光的影像
但很快又暗了下來

城市的天空悶得慌
高鐵載不走病痛
青春被刨光後
僅留一張纖弱薄紙
連起碼的記憶體都失靈

我們在時空裡掙扎
下一場的電影片名叫
「人物對換」
尊嚴的道路有些顛躓
血液呼喊
一跛一跛走去
何謂彼岸

沉醉偏想

對二十一世紀的窗戶發呆
是老年人的喜愛
憑那十五度的思維
就能超越車輪的急速

上帝掰不開濃密的時空，遺落
一只微薄的信念
駕馭蟲洞的線索
匆匆抵達現代

音樂放著一八一二
英雄已無法回來
風在地中海的彼端
吹著島嶼的蒼涼
誰又好事地掀開暴風雪
捲入一場紛亂

辛苦的海洋有想念的浪
於鬢角翻起的舊日碎光
緩慢的照在心湖上
鷗鳥隨雲朵滑過
在散放的冰層裡
浮出的嘴角暫時埋化憂傷

而後，冰層裡的憂傷也會偶燃心房
顫抖的嘴角不再說明瞳孔的冀求
就讓悲憤的英雄縮小隨字存檔
那場暴風雪的滄桑

風吹進單調的窗
掰開頭皮掉落兩根白髮
斜飄平躺
遠遠近近的視野
瑕引屋內的偏想

沉默的宛若夕陽

蝴蝶停竚樟樹
他們一起斑駁
水渠繞過溪澗
垂落的毛髮魂飄，飄
進紅塵，滾滾的抬起眼瞼
江湖沿路低訴浮沉的夕陽

沒有太多感傷
秒針加速，分針旋轉
我們在空間中游移

被時間踩入墳塚
夢遊如同一座奈何橋
沒有回頭
在一堆鮮花的輓禱聲裡，飄
落紛紛的思緒
揚起的灰
大理石的罐封蓋
沉默

蝴蝶停佇樟樹
他們一起斑駁
沒有太多感傷
沉默的宛若夕陽

呼喊

頂樓的風吹過
一座座碉堡
沒有黃沙的傍晚
幾隻麻雀跳躍
輕點枝枒欄杆

頂樓的風吹過
一撮撮凌亂的頭髮
缺乏遙寄的夜晚

兩杯紅酒的渲染
酡浸千江明月

枕頭上有些記憶
蜿蜒的長河與流螢呼吸
我們曾經的草原
放牧的翅膀
都在頂樓迴旋呼喊

林下可曾有一人

流浪漢沉移的腳步
沿印在城鄉交疊的路
地下道騎樓土地公廟
自然的道場

飯盒蹲在牆角
用重複被鄙棄混合的蔬菜雜肉
吞食於天地

人被清潔拋光了眼
世俗就產生黑白
氣味是什麼
而破敗呢
他不願脫去一身的平凡
修練的成果

風把塵垢塗上臉
雨大方的沖洗寬逸的胸
一樹換過一林
一道走向一街
冗亂的鬍鬚
飄飄然

盲者

天黑了，星星亮起來
銀河的路清淨如山泉
鷹的羽翼掛在樹梢
糾結的眼望向天邊
搖晃的雙腳學習思考
觀自在行・深
夜風吹入心
也許考慮修改激情的爪

門前的那條小溪
曲曲折折傾流大河
沿路的百花展姿秀顏
四季更迭於霜降梅姑冷豔
落葉早就壓成一片森林
我提燈搜尋掉白的髮線
影子聞不到潮濕的味

或許太過忙碌
忙碌中失去真心
忙碌裡只有向前
忙碌在更遙遠的未來
目睹一縷縷的輕煙
發覺那只不過暫時的微雨

待陽光洗禮後
石英點點閃亮

閃亮的光也許盲者無法想像
嘟嘟嘟的杖聲回音是走出的希望
人行道有點凹凸不平以及碎磚的窟窿
輕輕踏過枝葉跌落
看不見別人的指指點點
卻聽到鳥兒的讚頌鼓舞
愛在拉不拉多的體恤裡溫暖
遠方的香格里拉啊
一首悠揚的小夜曲
划向波心的槳
是翅膀
充滿著光

朗朗乾坤人群匆忙
花開花謝，春去秋來
青山有時披上雪裝
燈紅酒綠也會變樣
大鯨魚迷失在海洋
看得見的有太多荒唐
眼睜睜的真假已亂

不用去看太多假象
盲者繼續的走在陽光大道上
用心聞一聞百花香
用心聽一聽百鳥青脆嗨唱
用心感受周遭的愛如此光芒
用心的體悟路就在腳上

播開心忙、心盲
紅塵依舊充滿馨香

紅塵往事

他在臉龐刺青是獅子的圖騰
他在耳朵打了好多洞
他在背部穿件河童
他把靈魂趕走
連神都拒絕交他做朋友

街上一個人也沒有
只有風迎面穿過洞撞見獅子
撈起一頭乾皺的河童

時間慢慢靠近
路暗了下來

記不起
記不起的事太多
片段或模糊掠過
打開桌燈
獅子忽然衝過草原
破洞的天找到呼吸的管
河童吹起洞簫
靈魂貼在牆上
神禱告著牆上的影子

拉下窗簾
夢裡的電影又再街上開拍

彎曲的身體印在床花上
靈魂聽著打鼾的節奏
守護僅存的紅塵往事

飛雲

她從櫥窗走出
婚紗的燕尾拖曳良長
新娘買下她的身段
腰與胸顯得細緻與洶湧
紅地毯鋪著燦爛的喜悅
香花及煙花特別撲鼻絢麗

絢麗的臉開滿無數星星
跳躍愛情的激素
一首優柔的曲目

玻璃鞋見證銀河般的傳說
燈光如此多彩旋轉

旋轉的浪，湧起
承載的船隻捕獲的魚量
隨即而來的語言
是辛苦磨練的新頁
愛有點增值
是航舵對親情的學習
升帆的手，震盪遠方

燕尾服改裝成圍兜
鹽水和著糖水摻些汗水
蔥薑蒜炒起一家的色香味
疊好衣物是每日新的開始

把不愉快地讓抽油煙機排放
把門窗打開讓發霉的淨清
摟著整夜的月，地毯的芳香

我們坐在老榕樹旁
六角亭就像當初的船
而今沉澱許多也不那麼搖晃
擔心的不僅是身體
薄翼秋蟬吱叫
耕耘過的皺紋深沉，痕溝累累

凋零的火炬

圍牆用時間守住冷熱
飄落的枝葉是注定的宿命
半圮的軀幹，拐杖支撐著
支撐一個信念
但，失落的勳章
抵不過比寒冬還冷冽的跌望
雨，穿滴屋頂
打傷瘀青的驛站

薄霧撥開畫眉的布幔
公園的啁啾比槍砲清爽
殺過敵陣的兵馬變成凝固的棋子
將帥在疲困中搖落
搖落成一片大溪

真空管的速度追不上時代
我們用電腦搜尋眷村的等待
月亮的步伐攏過雲端
橫吹一首陽關三疊
鄉情已淡然模糊
圍牆輕輕嘆息
嘆息的頸項垂落旋轉
不安的夢翻攪長夜

清明把痰升起
厚重的腳步推不出藍藍的天

我們被海峽綁在戰艦的尾端
飛彈掠過的驚慌

時空匆匆
好友四散，美國加拿大也有墳場
望著左邊的海，空茫
圍牆即將焚化
所有的口號都將飛散
收起尖銳的枯枝
集結葉片快速奔跑，擁抱

趁著夜還明朗
回想稚幼的臉龐，晃動的林雨

太陽若魑魅，月亮如魍魎
倉皇的腳踏上番薯岸
草鞋踩著眼淚
拖著桿槍抓著饅頭
遠離了黃浦江上海灘
歲月滾過授田證
老李的骨灰擱在廳堂
小張的放在金山
少了大鍋飯
串門響

來吧！老天
再上杯
君莫笑，江南遙

復斟滿
兄弟尚饗

原處流浪

汽機車一陣騷動後
上學的
上班的
循序地離開這條巷子

客廳的電視與遙控器接軌
不斷的按觸轉換
轉換不用什麼理由
眼睛盯著螢幕
靈魂卻出走

購物台與幾隻溜噠的狗
吠嚎
吠嚎把失散的心短暫拉回
手上的遙控器又規律的舞著

不變的步調
同樣的囈語
長期受到啃噬侵襲
大腦早已無法計算出的撞擊
黃昏的腳步匆匆逼近
香噴噴的菜餚
填滿中空的布袋
站起，少年走回電腦
刺激的戰鬥音效伴隨聊天打字，嘻嘻燦笑
她洗碗擦桌後，也

回到固態的沙發
暗冷的時鐘滴答滴答

主臥室的桌上寫著每天要準備的餐點
更衣間擺著整齊美麗的衣飾
她一件件的拿出來重新試穿
從單薄的夏衫到厚重的貂衣
平素的內衣褲還有花俏情趣裝
一件件將它重洗一遍
再放進心上
醞釀青春時光

凌晨兩點的壁燈照著
一個打鼾的中年男人
一個盯著天花板的中年婦女

日子在螢幕裡躍動
日子在飯桌上游移翻夾
日子在靈魂的深處遊蕩
滿屋子的酒氣淹沒費洛蒙

汽機車一陣騷動後
上學的
上班的
循序地離開這條巷子
螢幕轉換
時鐘滴答
飄盪的衣物掛滿陽台
陽光照不到一顆原處流浪的心

被焚燒的心靈

辛辣的土壤難以吞嚥
對一個沒有殼的動物而言

大部分的都移民了
海水跑得老遠
何況是雲

走過這個無助與孤獨的城市
半夜的抽泣聲，驚起
之前故鄉的思念

雙眼對準牆角
沒有一塊磚是屬於藍領的

增生的只有骨刺
寒風冷痛
土地卻格外受寵
宛如少女的玲瓏身軀
許多人為她吃醋天天吵
吵到左右鄰居都受不了
有能力的人還眉來又眼去

佇足的街角生硬固澀
聳高的肩望之側光芒刺
一群鳥飛過
用單一的翅膀快速滑離

啊
寬厚的母親
互擁竟是如此等距困難

曾經

年輕的記憶如地獄谷水波
滾燙翻湧
遺忘是極其困難的
可供小說的也只不過是遲到這件鳥事
冷颼颼的冬
棉被老是貼人太緊
推不開夢的糾纏
患下重複的錯
這般告誡已然無效
流水帳就集成一部斷代史

葉船旅行溪河繼續奔騰
想著千山繞過綠水的夢乍現
鼓起的壯志比風帆還大
吹動繁華的雲是天幕依附的星子
流浪吧
靈魂的故鄉
理想用黝褐的皮膚勇敢地攀爬

小黑吠了幾聲走回籠內
白鐵圍起空洞的家
如身上披掛的毛如此單薄
圈綁的國境只幾步往返
骨頭冷飯剩菜外加一陣亂罵
還好風很急

瞬間吃飽睡覺
習慣就好
這只是場角色扮演的戲碼
暗鷺振翅飛近魚塭
一切等待命運安排

拉起夢帆，風也清幽的躺在海岸
望著淪落的滾燙太陽
天幕悄悄換裝
羶鹹的身體要滌蕩
掄起背包重新踏上柏油路上
拉長影子隨腳步閃光

青葉通透的血液流暢
流暢在晨霧清洗的舒爽

門窗外有小鳥呼喊
呼喊正值拚鬥的新郎
跨過機車路就往前走
耳際冒出幾根白髮

三字經千家文弟子規
咿喔木魚學
竹林稀疏光影搖碎
遊街奔廟把時間踏的疊厚
抽出身影慢慢增長
祖母的腰脊也彎成弦月

庭院的風徐徐的吹
桌上的酒對著月兒搖晃
兩鬢白雲繁華到沾不起昨夜的夢

再斟一杯
百花蜂蝶送香迷醉
帶我一起飛
飛過羞澀的少年
飛過害怕的社會
飛過艱困的經濟
飛過覺醒的腳步
飛過放下的生活
飛過
飛
一直飛

貼黏一個家

冷颼颼的春
老舊鐵馬佇立街角
後座的八寶箱旁
中年婦女正忙著
拉拔麥芽糖貼合餅乾

熱暈暈的夏
她的男人在
三樓的鷹架上
土漿抹面穿上新衣裳

一塊一塊的排列
身上新圖騰是濕又乾的汗漬

硬頸的挑起屋簷
星子陪她回家
太陽照暖他的身軀
度過風雨
貼黏一個家

歲月無常

鎖住一條彎曲遙遠的記憶
等待掀開
抽屜留著木香
層層沓沓的思想
凝望
房間無法騰出多餘的窗
針葉盤踞林野，擁簇
一片白茫茫
松果掉落路旁呼喊

拾起季節的匆忙
我把心掛在佔滿藤索的身上
隨那斜坡攀爬
攀爬到最高的雲巔
觸及天的衣裳

對望的山塗些墨綠
大部分的空間都灰灰皚皚
但我聞不到它的香
是否也鎖在抽屜
等待釋放的木香

幻想瞬間變成凝望
鏡頭拉回
拉回曾經的憂鬱神傷

對山的仙女已經離場
煙霧籠罩
隱入記憶漩渦
輕撫歲月無常

資源回收

氣喘吁吁的引擎，響遍幾條街
熟悉的紙板，疊進鐵絲圍網
孜孜矻矻的砂礫拉不住沿路的美景

一隻腳切去不完整生活
勇敢的咸豐草，矗立在
風雨飄搖的空氣中
一份不認輸的孤挺

家已被拋離遠方
每月寄達的無非現金
親情無法接受剩下的　一隻腳
卻是他們的支柱
怎知牆上貼的都是想念
寒夜的咳嗽聲傳達不到妻兒的胸膛

天微亮
運動的象徵已汗流全身
喝一口水
各類的感恩持續擴張
引擎吞下三餐
在寒暄的街找到溫暖
擦拭落寞的床
還有一支拐杖陪伴

漂浪之女

風滾動草網吹散離枝的姑娘
電線杆看著她遠去
咻咻的聲是星月的哭泣
清晨的煙霧聚不攏
火把點燃鏡子的光卻熱淚盈眶
裙角躲在涵洞
一身腐敗的殘羹
路遺忘腳印的呼喊
磨破的血跡穿透地心
掉落的髮線隨溪流去

河道的雜草攔不住
攔不住雲的漂移
我看著故事從身旁走過
編寫她遺留的影子
影子忘了流浪悲苦
只注意描述的筆尖
她甘願住在字裡行間

也許該挽住些什麼
也許什麼都不用
落下的塵埃沒有她的期待

路遺忘腳印的呼喊
磨破的血跡穿透地心
掉落的髮線隨溪流去

河道的雜草攔不住
攔不住雲的漂移

我看著故事從身旁走過
編寫她遺留的影子
影子忘了流浪悲苦
只注意描述的筆尖
她甘願住在字裡行間

也許該挽住她的淚
像繫緊詩句
給予的愛

撿拾不起的烙印

離開村莊的時他正拉牛去吃草
瘦小的身體靠尖聲吆喝
保甲路上的霜都還沉睡
他摘下一片葉子學口琴吹響曲調
一個寧靜的太陽就這樣被扯了出來

通往城市的公車兩小時才一班
塞幾個饅頭的包袱，壯碩多了
瞅久的車子，它終究要來

牛的影像緩慢縮小
縮小我日曆上撕去的記憶

蜜蜂忙著採蜜
蝴蝶爭相授粉
燒餅油條改變粥的飲食
有點焦味的豆漿如摩擦的腳步
城市的氣味有點黏稠
連語調到處充滿隔閡
鮮花都從遠處載來
坐在辦公室的花缺少自然
情緒比火鶴還紅

我的靈魂經常在城市的邊緣遊蕩
暗夜的流螢伴著潮濕臉龐

木棉花炸開橘紅的傘
夜雨侵占星子的呼吸
日光燈就替它眨眼
繁花的街根本不曾理會
不曾理會你弄丟的歲月
一顆撿拾不起的烙印

村莊的泥路已被柏油取代
風吹響電線桿的三味線
我望著牛吃草的地方
是一幢幢的透天厝
葉子的曲調消失牛的背上

還在呼吸

持續凹陷的流動
駱駝賣力地踢過漫垠黃沙
蒙布的臉更顯乾渴
沒有捉弄的雨季
直挺挺的仙人掌呼吸著你留下的氣息
你將走出荒漠
坐在港口的長波堤
聆聽海鳥傾訴不同的神曲

牆腳的那塊石頭
長期受到屋簷流下的雨親吻
拇指大的地形是侵蝕
老母親拄著拐杖貪望
斑裂紅磚憨憨地笑說經過
滄桑裹包一朵嬌豔紅花
如今都成了她的手掌
一節一節彎曲的典故

街燈照見長長身影
夏季的床悶燠
金龜子陪我撞進遼闊長空
我數著度過的腳步
風吹去哀嘆一個烙印都沒有
穿越氤氳半夜

回到清醒的身軀
在心的深處點燃一盞燈
悠悠的
遠遠地
我在流沙裡種下一束雨季
仙人掌還在呼吸

輯三・花間饗宴

一個人的午後

習慣坐在這裡
雨沒下的天際
雙手攤開沿放長椅的背胛
撫摸它的疼惜
浪一波波湧動
海鷗盤旋悠遊

午後鏡子嬌嗔潑辣
脫下的衫是擦拭的毛巾
蔚藍的前方一隻船影也沒有

遠方的汗滴啊
撈起的碎影魚光滿艙
揪起網是月亮後的希望

長長的防波堤是夢的銀河
這條硬性的牛奶路
裝了許多的等待與幻想
坐著
坐著
就黃昏
海也回頭

又一朵

提起裙襬讓流瀉的光
轉動
轉成一朵一朵五顏六色的雲
照在泛微的湖泊
優柔的美影

愛慕文字書寫
貪戀一篇一篇又一篇的詩
我病倒在紙的床上
摩擦我的思想

糾正路的方向
連夢裡也忽視歲月磋跎

沿著銀河的軌跡
赤裸地作一場探索
探索為何生命會如此擁有
因此我又轉動
轉成一朵一朵……

三隻狗

不用鋪墊，隨興就安詳
霜降的節氣
透著風的田埂
弄姿搔首的雜草情慾高漲
在凜寒還輕鎖在天外天時
裸露一身的搖擺

牠們的世界沒有爭議
至少酣睡在母親懷裡
呈現的三角形

難道是幽思討論的密碼
但一點吠聲都沒有

乾燥的土真誠的躺平
風再次吹過我的眼睛
眨一眨
這攝像輸入記憶後
轉化成你的眼球
偷偷的鑽進詩篇

鳥從樹梢飛起
掉落的羽毛
恰巧是我不安分的靈魂
我開始禱告

靜默的三隻狗
依然悠悠

化作春天

想像與靈魂觸碰
時空於焉迴旋
那山茶花化作層疊蝶衣
擁抱雲兒入睡

一封未寄出的思念
在桌角的邊邊沉澱
沉澱為往事春風
春風再次拂過窗前
思念的塵埃濃厚增添

想像與靈魂觸碰
我的意識開始迴旋
回憶不會是夢魘
是仰角的歡顏
心如空曠的原野
隨時看見記憶的美

月引我逗留

我在夜的邊際泅游
珊瑚似浪
搖擺的吐出珍珠
蹬躍的熱帶魚
迅速飆去
我還來不及看清
一隻大章魚水袖般
靠近

月的靠近是沁涼的夜宵
一杯紅酒就明白它的美
拉起天幕
淺薄霧氣，氤氳捲攏
似乎
還想逗留在月的朦朧裡
持續發酵

巨石陣

古人的星球掉在二十一世紀
現在人弄不懂它的目的

宗教吐著香煙
一條綿延的路迷迷濛濛
信徒們如瓶守口
青翠的草地下著一盤神秘的棋

人文的日曆翻閱六行柱孔
環狀列石與溝組成結構

一雙雙的手拉起春秋
也悠遠的走過夏冬

亡靈的潛修聚集
聚集在席爾升起的靈魂
靈魂討論著飆車如何浮移
圓形石林有了不解之謎

外星人說著囈語
專家們提出各式論證
努力地對未知確認
鑿開幾道可能的光

仰角

這個仰角適合乾杯
加爾各答的星月
有昆明的座標交集線
飲下大山流瀉的古泉水
涓涓滴入你身上的每一頁
每一頁嵌進的黑字舞者
讓白紙填上一首歌
一首遙對的探戈

這個仰角適合想念
大笨鐘敲醒整夜的鏈條
傳送的聲納在空中說笑話
笑指即將斷頭的野柳女王峰
海蝕平台是珊瑚的縮本
沒有飄動流放的珍珠
一窟窟的燭洞
照不了斜斜的髮梢

這個仰角適合攝像
珠穆朗瑪峰的白色風暴
吹向武夷山的紅茶
有一股嘲諷，說著登山的難
有一股爭論，說著與綠茶的茗香
有一朵武滇水捧上的花

都被攝入鏡頭內
放縱的雪山，一覽無遺

有一天我們把仰角平放
甚至低垂查看
沿著不同的角度
記錄不同的風景
也許可以
可以放大仰角更大的度數
恍然驚覺那股洋流
流串你我心窩

再譜曲

流沙像漏斗深陷
抽離時空
太陽散播光明的種子
讓不見底的喉嚨吞噬

蒸發如抽離的海風吹不進仙人掌葉片
無法解渴的燙
暫構的蜃樓漂浮晃動在無垠的沙丘
鈴鐺繫不住滾滾黃沙
波浪的游移

蛇

披掛女人薄紗
妖嬈的擺渡
橘霞被黑夜霸凌
神秘消失流長身影

在黑夜裡
戀著一把木吉他
尼絨弦彈奏故鄉的花
一路從流浪的吉普賽
敲響到
原野的竹籬笆
編織的夢似紳士般優雅
篝火燃亮激起浪漫繁華

再譜曲
沉靜安逸的夜
守著光
細細品嚐一杯
流暢的胸花

安地斯之美

把煙花拿去充電
雲舞輕悠搖擺
地球轉過頭
我們望的還是天空
幾何圖騰的線條

一股肅穆孤寂的影像
躺在古老的城
山巔之威攝啊，祭壇
馬丘比丘

謎一樣的排列
梯田的綠和著斑剝的時間共振
似乎有意的留存空間密碼
納卡斯的蜂鳥
待飛
平坦的跑道

垂直跨越赤道的岩石
連接溫濕地心
我們眼中的文明在震盪
飲下劍光美酒，滲流的血
滴入歷史長河

輕輕地靠近撫摸
我們將隱入古老傳說

而
我們能代表的文明是什麼

香格里拉

巨大的冰，風綁不住
流浪的雲陪它說相聲
春天的語言窈窕曼妙
像極野百合的芳香清露搖飄
沁開呼吸流暢
花一株株展顏
草遍地歡笑
溪澗的魚帶著故事
游過芬多精

來到低坳灘頭
貼在遠方的山丘
離家三千里後
潛入深深的海成為一股暖流
我們結伴回游

翅膀啊！需要一雙振奮
趕在落日之前
收集陽光的眼眸
還貪圖晚霞的彩色，以及
黑壓壓的高空
排列星星都是我的
魚咬著一朵玫瑰
送給親愛的

消融的冰，風撲在它玲瓏身軀
長長的是頭髮
彎彎的是腰際
碰撞岩上的水花拋空後瞬間風化
風化的痕跡被後浪沖刷
沖刷的摩擦激起魚的新鮮想法
讓漂泊的水草聚居在溪澗下
層層的築構一場恆溫的
活躍的香格里拉

情詩

午夜的琴聲輕飄
因空蕩孤寂彈起，以前
黑白鍵隨明朗雙手唱遍詩歌
遠颺浮過的雲，忘記
回頭的感傷
還記得初嫩的芽葉
羞澀怦然的心
只懂巴哈

深廣舞台，震撼
交響樂的奔騰與靜幽
寫出小說裡的愛恨情仇，現在
所有的眼神端注這個窗口
應該是貝多芬的靈魂，牽引
我的指尖
迴盪於古今重聚的精靈
滿山的翠綠

我應該再靠近琴心一點
把莫札特的情意傳遞與妳
雖然這是一道亙古的三角習題
但還是必須有個靈媒
觸摸冰冷的水晶球告訴你的，未來
是一個什麼樣的愛情

該升音還是轉調或者
降音

第一日

陽光在地上滾動
洗去身垢
注入
一片
新的乳霜
草茵傳知茶花
蝸牛告訴圍牆
拉開的窗簾充滿希望

胸膛敞的特別寬
腳步於焉輕盈起來

來吧
孩子
黎明如馬奔騰
跨越彩虹的光

被月拖行三千里

圍牆外的野台
開放的六角亭
土地公伯聆聽你們的批評與讚賞
香煙緩緩飄升
金紙燃燒由青紅轉成灰，沉
掉落幾片葉子是話題
夾起豆干望透高粱

腳步外，土壤親切
沿著小徑，草影黝黑輕搖

雜亂的藤蔓令我回頭
拉上拉鍊走回伯公身旁
風尾隨佔據位置
他推不動我
我趕不走他
我們像情人的膩在一起
朋友們居然看不出我勾搭的小三

月亮的光太耀眼
照著酒有點暈向
滷菜還有一大半
樹卻呼呼然

自家的寶自家領回
我偷偷將風帶走

放在書桌上
輕輕躺著歇息
窗外的月沒有別過臉
直看著我睡去
整顆心隨她而去
搖也搖不醒
就這樣
被月拖行三千里

畫魚

魚游過湛藍天際
雲是諾亞方舟

魚潛泳深層海域
沒有鰭及亮麗的眼睛
一隻藍色的筆在牠身上畫著

為了展示牠傲人的背胸所立現的
文詩能力和滔滔口水
牠的劍無所不在

於談論中翻騰噴灑白沫
每講到一個關鍵字或詞語
牠就左一彎弧，右一彎弧
交疊首尾的紋路
曖昧的互偎著

魚的抽象藝術在畫布上討論爭議
牠的領域被文字和色彩佔據
沒有眼珠的盲魚
只有所謂的黑
才是完整的白

空洞的尾鰭垂放兩條線
潛入的部分尚未浮起
滔滔的水浸滿紙張

天機在清亮的天空下安放
牠就這樣畫著
他與牠相互糾纏
橫過的時間是畫與話激活的泉水

暗香

發射的信號彈差一點吻到天
野鳥戳一下迎客松
喔！知了　知了
煙霧像灰墨潑染，又
迅速躲起來
躲在看不見空間

黃昏調戲午陽
花換個坐姿斜看彩霞
然而

金橘黃的畫家，很快地
收攏筆刷
晚霞逐漸換裝成大方的黑呢絨服

黝暗的窗
朦朧的呼吸
推進的驚恐在枯草上滾動
等待是一襲破爛的衣衫
寒冷
皸裂
無神的眼球長垠空曠
破敗

星光找到失聯的黑盒子
老鼠接耳傳遞風的使者

沿路貓用觸鬚
狗聞著氣味
朦朧的呼吸，甦醒
甦醒為草原的蝴蝶

聞著信號彈的餘香
煙霧是如此幸福迷幻
天亮
振力翅膀飛翔

煙花浪海

我從高山游過來
碰撞妳裝滿行囊的海
翻倒一片天
彩虹笑成凹槽
又裝滿整座的山脈

緩慢再次游來
游進如花的浪海
每隻魚都打著哆嗦

該不會昨夜的雨
打亂妳的花衣裳

妳的花衣裳
畫滿整座的山脈
排列的摺痕是丘壑下的溪流
都準備好了
齊向天發射一枚
一枚瑰麗的煙花浪海

詩又活過來

脈搏有了焊接
貼在觸翻的手上，還原
還原呼吸
還原文字鋪排的心血歷程

眼球對視而巡
霎那，默然不再靜默
螞蟻兵團全部武裝搶灘
攻進一頭有意識的辨思
窗外几淨明亮

心跳穩定臉色歡迎
風逐漸抬起翅膀
吹向山嵐海濱或瀟湘雲澤

落在體外粗糙有角又稜的方塊
嵌入流動熱血的五臟
都在等待
都在等待重新鑑賞
給予愛撫的眼神
薄衫輕盈掀拂
空氣聚集鼻肺不斷噴發
如煙似霧陪伴
伴著遊遍山的盡頭
月亮清明淡幽

那個已死的作者
烙下音符
無端因緣響起
大千知道
於滾滾紅塵裡，碰觸
是療傷或止痛的偏方

黑白交疊的轉浮
又活過來
活過來的脈搏
不用維生器抽送
只要你眼神專注腦部清晰接受

詩的氣息

那堵牆藝術淋漓
有英文字
有中文字
有各種色彩
抽象與人體影像結合
就是不見幾行詩

風吹過冬衣攀越海岸
天不計大地紛擾喜怒

循序的灑放光雨
孳生的是自然成長

遍地錦扒開縫隙
獨留一首城牆
讓你走進時
發現
小詩並不孤獨

酒精拭去殘存腳印
點燃的香煙聚散
夜翻起層層記憶
在書桌前照見老天的真誠

啜一口茗茶
悠悠
一株小草
一片世界
我模擬你的呼吸
輕輕的寫著

邁出的腳步詩最遠

在雨未落盡的天，許了願
願長風於夏略狂
願短風於冬慢飄
雨輕輕又灑下幾點
花張開臉龐
笑了

在詩未寫完之前
雲亮出幾分
那狹窄的密度，分解

修辭就更寬闊
意境從荒野走回
枯乾的腳步也不再流垂眼淚

櫻花袒露
哪來那麼多的鶯鶯燕燕
行人吱吱喳喳
話來指點長成的種種
我的詩還好藏起來
藏在你看得到摸不著的地方
有時沸騰
有時荒誕
有時

喜歡坐在廟埕
看人來人往
聽嘀嘀咕咕
聞清香緩飄
這時的天最清爽
沒有罣礙的灰濛
我雙手合十頂禮
詩就在眼前
青鳥為我雕好一幅結實纍纍
於天地之間

騎著一首詩

星子在不知名的星座等我
我披上風霜
踩著霞光的碎影向前奔去
枯藤老樹昏鴉

彎過斜坡山徑
氣觀曠野飛鷹盤繞
彩虹跨落清澈湖面
將天幕畫圓
裝進滄桑的心情

回想那
小橋流水人家

征戰的歲月
理想與經濟相互傾軋
夜闌人靜總會勾出幾行淚
遙遠的故鄉啊
從山巔峭壁望去
古道西風瘦馬

兩鬢被風吹起秋思
坐騎越來越蕭弱
嘶聲沉咳
咳滿彩燦的油畫

誰知是
夕陽西下

門前小娃兒
抽著草根捏玩泥巴
寸步移走楊柳岸橋
把風繫在髮梢
將霜吞進心頭
總歸虛空有盡
迎客松望行吟唱
斷腸人在天涯

輯四・修理門窗

人為因果論

香，清煙環繞
聚集飄離，口中禱詞
大叩應期，頂一片光明
插上願望
等候如意

他坐下的稱蒲團
你席坐叫地上
盤根交錯聽經念文

吐納天地交乳
大小周天巡循序續

我欠你的要還
這樣才能銷帳或消障
你欠我的不用還
你說那是上輩子我欠你的
剛剛好而已
囂張或梟獐

慈悲的放下是心安
利用慈悲的放下是羞恥
賺取慈悲的放下是夭壽
有目的的慈悲放下是功利
不懂慈悲的放下是茫然

我坐在我的心上
看見蓮花朵朵
相信一切的存在
不迷信，不固態
只有人心偏念
才會被自己害

清香圈裊影煙飄緲
單純的擁有
頂一片光明

不願哭了又哭

鹿的腳掛在三樓
馬車被噴火龍淹沒
誰挖空戰地壕溝

三多路一夜浩劫
煙霧迷漫遮掩了臉
擦拭石化淬鍊的匕首
鏡子照不到伸手的光
影悄然沉落
落在更灰濛的靜寂

摘折一朵花是罪
摘下近三十顆的心臟，而更多
受傷的心靈壓抑與創傷的骨肉
天啊，揭露的瘡疤
可憐的貓要怎麼躲才安全
人病了住醫院
醫生與器材共治
公安病了
應該住哪裡
誰來診治

祈禱高雄與島嶼平安
我們不願經常被救助
不願時常被輸送物資
不願哭了又哭

生死掙扎

艷麗的刺鳥死吧
無奈又宿命的光榮

翻飛無數天空
親歷不同族群的笑傲與挫折
活著若僅是軀殼轉動
請神將靈魂埋下

回首想要釐清存在
夢依稀還抓住臂膀方向

學習基本相互尊重
而
一窪一窪的坑
深沉唬爛

戴上老花眼鏡
意識忽焉模糊
將就於點頭的遷就
專家成為打手
親信鋪天共謀
殘飛的白雲變成和尚無髮
給尖銳末端一把火
刺鳥垂直俯衝

在雨中尚饗

我在那混濁的夜裡碰見離騷
水聲嘩啦地撈起時空
蓮蓬頭忘了噴出的方向
斜斜的灑進汨羅江

水位隨著大壩移情別戀
這次將再登高
登高啊
乾溼分離的浴室
沉落凹陷的眩思

靜謐的流淌
一個稱謂楚國的地方

這年頭魏徵經常生病
聽說是吃了他家子孫的食用油
唐太宗下地獄去查訪
哇，鬼影幢幢
到處都是名人英雄和我們的祖先
原來祭祀時他們也都尚饗

混濁的夜有盞清明的燈
天卻不願見
一列列並排的文字
黑壓壓的走上金亭
哭泣聲

哽咽聲
抽搐著奏摺斷裂
血絲千佈雙瞳
屈原收進懷中直奔江湖

水聲嘩啦的撈起時空
我們頓失方向
斜斜的骨肉，靜謐的流失
尚饗
在雨中

自來水還不能喝

河川整治取代自然古道
幾分優美整齊
也不再苔腐陡峭難行
雖然君不住長江頭
我也沒去過錢塘觀潮

淡然文雅的道德在學府教育著
大學在明道親民
周易以倫理秩序穩定社會
至聖之仁恕匡正積極向上

孟軻的施善政輕繇役
離開赤子後功利圍心
七重溪的櫻花鉤吻鮭就像
故宮裡的瑰寶
偏偏在重要的關鍵
他們都遁出法眼
滑溜溜的身子走出海關定居國外
也有在媒體上繼續澆花噴口水
無未來的蘭花
躲在牆角潸然淚下

有事已遠
誠信與厚德飛往飄渺山
春秋不保自求多福

奈何，莫知何

神不是全能
壞因子慫恿對立
沙塵就隨風灰濛
鬼也許就在前方，但
它也不是萬能

我們習慣戴面具出門
戴久了，會忘了自己的本來
我們習慣將美麗的擁為己有

怎知探垂的面頰搖撼五臟
極力睜眼的盡是白內障

三國啊，馬亂兵荒又木詐草奸
宋朝國力憔悴，蒼白無言
而今，網路傳遞信息將掀起大量成敗
問君能有幾多愁
恰是一江春水向東流

神鬼交戰於內心
面具烙下多少冤魂
我們還在討論著下一屆的風雲人物
風蕭蕭兮易水寒
壯士一去兮不復還

好與壞，對與錯
應從自我內心檢討起
語言只是附屬品

保持身段

狗啃骨頭俐嘴伶牙
就是吸不回垂涎
落了滿地的燕窩

貓的魚還在碼頭
情人般等待
算命的說牠忌車怕水
看著溪邊悠游的魚
祝福吧
親愛的

貓狗現在都吃麥當勞肯德基
舀一碗放進盆內
把寶路喀成軟腳蝦
回頭窗簾拉下來
我們睡在一條深旋隧道
肚皮慢慢打氣
從拉不拉多到北極熊
貓就變成狗

風習慣流竄
樹梢與毛髮飄晃
晃搖舒爽的心情
風習慣隨風攏散聚離
百米萬里都去

欣賞沿路景色
除了運動還可減肥
貓狗正在夢裡等醫生開示

家會變樣，誰都有責任

他把製造日改成十幾年前
沒有商品價值
就沒買票問題
但變相買票一直存在

禿鷹跟別人吵起架來
都說：「多去讀點書」
「你認知的法律差太遠不是我的對手」
我們都知道他們的針孔不是今天才有
耳耙子的大哥

在自家花園就扮毛毛蟲
裝鬼嚇唬
到別處就孬成傳聲筒表忠貞
烏龜俗仔臭豆腐
像這種博士，島嶼始終傾斜
只要諂媚西瓜偎大邊
隔壁阿婆沒讀書也會
國之將亡妖孽必跳乩瘋狂

詮釋不入流
冬風不吹，謀劃中
寒冽一陣，鮮血汩汩
許多人在替壞人幹更壞的事
殘殺迫害自己內臟而不自知
強取豪奪還替其辯解

嗚呼哀哉還真活該
寧願拱手讓人也不肯真誠討論將來
母親你養這種兒子幹嘛
可笑的是他們領的都是什麼優秀模範證
有錢的和他們準備翹家
沒錢的忍著點，死後就解脫
誰叫你們悶著不敢說
兄弟欺負甘當冤大頭

神鬼牌

神若存在，鬼必相伴

有牌流氓很跩
吃喝隨意挑
銀紙自由拿

信奉關聖帝君斬除妖孽
正義凜然帶上青龍偃月刀
紅通通的臉被攔檢

吹口氣是公共危險
（喝酒不該開車）

大圈仔圍事，開山刀
血肉模糊橫豎要人生第一桶金
忠心的狗不分好壞
只為主人飆汗
真理是枕頭山下的姑娘
哼哈呻吟

青蛙在蓮花池畔聽禪
只學會哇哇就開班
教的全是密語
原來他們都能內神通外鬼
一手拿槍

一手就搶
官越大，盜越兇
老實的粗茶淡飯
但有的很會裝

清場

滿清不會自認迂腐
因為他不覺自己迂腐
漢人支持滿清慈禧
那可比狗還多

但
還是清場了
為什麼要清場
滿清不知道
也不願探討

老大只願聽與自己相同的聲音
〔這種認同才足於向下沉淪〕
不願有反對的聲浪
〔不管最後被取代〕
所以
清場了

清場了
老大不會自認迂腐
因不覺自己迂腐
支持老大的人
那可比狗還多

但
許多人在吶喊

他只會隨便忽悠兩句
然後笑一笑繼續蠻幹
清場的風聲應該響
響在他的心臟
孫中山的靈魂復活
復活在一個要改變的時代

清醒有何用

不知何時鄉野進駐一間小廟
春天過去，秋天又來
藍天撐開黑幕
聽說那是專治人心的神明
人多的時候，像極迎媽祖
而今的出生率
只有收割的時候
麻雀成群而來

冬天遠遠的迫降
壓在加薪的口號聲中
有些公務員高興的鼓掌
大多的勞資擦擦鼻涕
啃噬骨頭的戲碼又重新映播

許多人還再睡
睡在遙遠的夢幻
明知會醒的明天
可憐的麻雀

可是
有時還是得裝睡
就像喝醉
麻醉

陰間鬼陽間作亂

街頭蒼蠅很多
他們說牠們很髒
要驅趕

街頭的聲音很吵
他們說牠門讓人無法入睡
要鎮暴

他們派出假蒼蠅混入
製造事端

通通把蒼蠅依法偵辦
傻蛋還想開花
之後的增列
血一滴滴垂流
傷痕一次次擴大

陰間的鬼應該回歸陰間
怎麼都跑來陽間作亂
陽間的人喜歡抱陰間的腿
這年代陽間的人都在養陰間的鬼
一個好好的人偏要說些鬼話
實在搞不清楚
你們是人還是鬼

理一個家固然不易
但也不應耍老大像流氓
一個國家不能只講法法法
情與理若消彌
將破壞人際往返的真誠
基本的核心價值
道德的最後防線也一一崩塌

不好的蒼蠅要勸告
真危害者法辦
千萬不要讓陰間的鬼在陽間作亂

鳥事

飛機沒向山毛櫸問安
沿著線條劃過
滿地散落的冤魂
焦黑的哭泣都化作灰煙
被整片猙獰沒收

訊息來自橘紅的黑盒
衛星或許不願真實透露真實姓名
有時他們喜愛捉迷藏

有時又礙於無奈只能編些故事
有時意識詭譎繞道水管好多彎

每隻手指都是飛彈
每架客機都依座標飛移
每條生靈都沒欠戰場
魚在天空悠游
何必逼迫雲用網捆鎖

惡臭的不僅是星期一早晨

有機果皮混著蔬菜黃葉行走江湖
在垃圾袋的軌道裡滋酵病菌
嘴巴身體都抹了衛生紙
那是昨天沾滿排泄穢物以及尿液
變種的雲彩

電梯間的餿水味直接攻擊象鼻
整條垂放的高速公路被海水倒灌
這才星期一，還有漫長的未來
門口的四周竟然如等公車的民眾羅列

唉
一個薪水低垃圾多的年代
粉鳥躲在轉彎處等你穿越紅光的快感
記錄你酒精的回扣，就像
回填淺薄的柏油瀝青，再開挖的工程
回家繼續吃著衛生署認證的食用油
唉
都是別人的錯
一個詐騙集團的年代

腳步緩慢冷縮
眼球逐漸模糊
我的五臟六腑比垃圾還髒
我的筋骨皮比餿水還臭

天啊
惡毒的心植進一個貪婪鼾睡的國度
星期一的新芽
碎裂

媽媽的

衛星睡去了
馬航隱身江湖
四處聯合編神話
期待的眼神，茫然

國會殿堂是結婚禮堂
喔
我仔細一看原來是殯儀館
誰能掀開黑盒子
唉！依舊潘朵拉

一個西裝革履
其實
他是故意整你的怪咖
他拚命的為他人作嫁
就是不願讓你有個溫暖的家
克里米亞啊
爭得獨立還要為人洗腳ㄚ

暗影的消磨

思想下海
做一個夜客
情境交錯的編寫文字，如
與酒精碰撞
呼喊你的靈魂

但體耗失神的軀殼
終因子夜霧起，而
懷著茫然跌回被窩

夢裡幻景又被魔思搖醒
驚覺中與心糾纏
唉
暗影的消磨

驅趕黑島的魯蛇

如果你想去凱達格蘭大道
就讓我告訴你通關密語
當你感冒時，記得
要去立法院買伏冒錠
當你覺得香蕉變質時
請你到總督府買朵太陽花
聽說不只鹿的耳朵會長出毛茸茸的
鹿茸，可能也會在嘴裡噴出麝香

如果你想去凱達格蘭大道
讓我來告訴你
它的通關密語
十八趴還不下台的人沒有羞恥心
這跟犯罪與否沒絕對關係
站在權力身後有一幫人
聽了好興奮又爽快
群眾也搖旗吶喊要它下台

如果你要去凱達格蘭大道
請繫上黃絲帶
不要低估人民的智慧
也不要錯估人民的勇敢
黑島的魯蛇
天漸漸光

輯五・小詩精選

心殤

如果灑下的淚無法滋長小草
那就變賣我的靈魂

如果雨只停留雲上
天應該放下身段

如果，所有的如果還在吞噬山河
我們寧可睡在坦克底下
陪伴母親

手術

我吞下一顆星球
在你還沒醒來之前

外面的空氣很輕
靈魂的重量超越肥胖
從稜線拓開的脈絡
留下的汗滴就江河

按住一條蜈蚣
晨曦照進病房

牙線

小提琴的馬尾滑過冰山
鬆動沿路潛藏的青苔
一絲絲的挑剔

加護病房

我們共同擁有一片天
你卻看不見陽光的笑臉

午後
奔跑的風隨著熱浪親吻
大樓外的滾動

你畏縮在針藥儀器的空間
數不盡的刺眼貼在上面

無力昏沉
度日如年

共識

用一條無影繩索
貼住海天的隙縫
天就開始挽著藍藍的海

成長養分

年輕用流浪語句
揮別夥伴及驛站
凸顯得行為思想在海邊山巔暫駐
可是天上的光
不時地
投以羞澀缺真的影像
跟他擦身的空氣
聞到浮掠情懷暗藏的呻吟
但也是成長

有無真空

垂直是浪漫遙墜
意念幻化迴旋的傘
在你窗台停佇
等你賞析與讚譽

不愁憂它掉落溪澗
一葉漂流的方舟
不用鳴笛
離樹清幽渡過恆河

我的母親

冷冷的，牽掛掉落
撈起的溫馨只能依存記憶
笑容網住遠方彩霞

淡淡地把信寄出
通往光明的火焰
不再過辛苦的日子
無憂慮的未來都是妳的

岸

山下溪邊
披著晨曦的風
用無影的絲線
釣起一條條沉默的光芒

備記：〈字形；望字生詩〉

油炸餅

水貼浮細密的雪
麥的身軀依附給手撫揉
滾燙的湖面
撈起一輪金黃明月

知了

夢與夢糾結
昨日混亂血漬滾流
也許你找到旋轉對稱點
在傷成為疤之後
痕是記憶

帶兩本書去流浪
阡陌榕松如穗似垂珠
柔光薄影輕悠搖移

雲翻讀太陽日記
啄木鳥歡喜點頭

花累了

花累了
躺在沾滿土香的棉被
不知名的風
颼起蕭瑟
寺廟傳來阿彌陀佛的聖號
青苔又增厚實

春在枝頭

解下最後一顆鈕扣
天就亮了
淺薄的霧是少女的肌膚
風輕吹
拂去被塵
貼在窗口的蝶
舞動

堅挺的山脈展開更青翠的起伏
跋涉
只為擴大春天

苦的

機械聲啪噠啪噠
薪水袋只夠裝進咖啡
才喝一口
嗆到滿地找胃

家雞

桂冠的下巴也是你頭上花
秋很高氣真爽
雲搬些祕密進入空間
風輕巧尾隨
天就這麼大
詩人編織無窮盡的夢
遠勝銀河想像
太陽數著星星
月半睜亮眼端看
我關上窗戶等待破曉

茶

遠山飄進
優雅地
漫步在客廳
含在口外的唇
扣緊舌尖
吻著入喉的體香
整個心被敲醒
揉縮又張開的珍珠

庸俗無法避免不想

花未正開，你卻懸掛一盞孤紅
是刺眼或輕點驚豔
花都快凋，你才猶疑探頭來遲姍姍
是孤傲或濃妝招搖
我在你眼下釣不起兩朵並開的花
樹都睡了
月慢慢撥開雲霧看
原來春天纏綿揹著一朵光
被側影擋住
螢火蟲趕赴現場點燃

幾畝田

枕頭下藏著無數賀爾蒙
枕頭上無盡的蜘蛛絲飄飛
月亮掛在遙遠天邊
幻化螢幕無限
時間到了就翻覆身臉
灌溉後的春天

寫詩的日子

開墾是從荒漠到甘泉

托腮沉思的句法
螢幕篤實的文字
從左打到右
沿著底線放下眼簾

就這樣盯上一個情人
撫摸她的脊骨

逐漸看見春光
優美的段子

潮汐

月亮沿著海岸線
吸走一片茶水
咕嚕的往大肚流去
午后
又將沙灘暗礁灌滿防波堤
渚州的淺草失去芳蹤

我懷疑
這是外星人的把戲

醒了過來

幾縷還冒著煙的殘灰
曾是燃燒靈魂的熱焰
山茶樹站在窗外凝視月光
輕斜移照書桌
一盞盞星子從遠處招手
暗黑的稿紙
醒了過來

彎彎的

彎彎的意識
潛藏
彎彎的月亮

有時像把利刃逼視
有時狐媚的勾攝魂魄

時間悄悄前進
潛藏似靜止但又生微波
意識掙出水平面後

一切的一切
變化無窮

吹鼓吹詩人叢書29　PG1445

光的折射

作　　者／游鍫良
主　　編／蘇紹連
責任編輯／黃姣潔
圖文排版／周好靜
封面設計／蔡瑋筠

發 行 人／宋政坤
法律顧問／毛國樑　律師
出版發行／秀威資訊科技股份有限公司
114台北市內湖區瑞光路76巷65號1樓
電話：+886-2-2796-3638　傳真：+886-2-2796-1377
http://www.showwe.com.tw
劃撥帳號／19563868　戶名：秀威資訊科技股份有限公司
讀者服務信箱：service@showwe.com.tw
展售門市／國家書店（松江門市）
104台北市中山區松江路209號1樓
電話：+886-2-2518-0207　傳真：+886-2-2518-0778
網路訂購／秀威網路書店：http://www.bodbooks.com.tw
國家網路書店：http://www.govbooks.com.tw

2015年12月　BOD一版
定價：320元

國家圖書館出版品預行編目

光的折射 / 游鍫良著. -- 一版. -- 臺北市 : 秀威資訊科技, 2015.12

面； 公分. -- (吹鼓吹詩人叢書 ; 29)

BOD版

ISBN 978-986-326-361-6(平裝)

851.486　　104027183

讀者回函卡

感謝您購買本書，為提升服務品質，請填妥以下資料，將讀者回函卡直接寄回或傳真本公司，收到您的寶貴意見後，我們會收藏記錄及檢討，謝謝！

如您需要了解本公司最新出版書目、購書優惠或企劃活動，歡迎您上網查詢或下載相關資料：http:// www.showwe.com.tw

您購買的書名：______________________________

出生日期：________年________月________日

學歷：□高中（含）以下　□大專　□研究所（含）以上

職業：□製造業　□金融業　□資訊業　□軍警　□傳播業　□自由業

□服務業　□公務員　□教職　□學生　□家管　□其它____

購書地點：□網路書店　□實體書店　□書展　□郵購　□贈閱　□其他

您從何得知本書的消息？

□網路書店　□實體書店　□網路搜尋　□電子報　□書訊　□雜誌

□傳播媒體　□親友推薦　□網站推薦　□部落格　□其他________

您對本書的評價：（請填代號　1.非常滿意　2.滿意　3.尚可　4.再改進）

封面設計____　版面編排____　內容____　文／譯筆____　價格____

讀完書後您覺得：

□很有收穫　□有收穫　□收穫不多　□沒收穫

對我們的建議：______________________________

____

____

____

請貼
郵票

11466
台北市内湖區瑞光路 76 巷 65 號 1 樓

秀威資訊科技股份有限公司 收

BOD 數位出版事業部

....

（請沿線對折寄回，謝謝！）

姓　　名：＿＿＿＿＿＿＿＿　年齡：＿＿＿＿　性別：□女　□男

郵遞區號：□□□□□

地　　址：＿＿＿＿＿＿＿＿＿＿＿＿＿＿＿＿＿＿＿＿＿＿

聯絡電話：(日)＿＿＿＿＿＿＿＿＿＿(夜)＿＿＿＿＿＿＿＿＿＿

E-mail：＿＿＿＿＿＿＿＿＿＿＿＿＿＿＿＿＿＿＿＿＿＿